LES
CONQUÊTES
DU ROI.
O D E.

Par *M. l'Abbé* FRÉRO

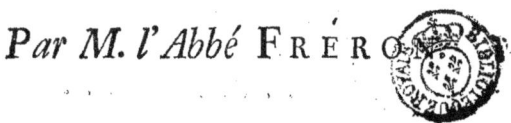

À PARIS,
Chez PRAULT fils , Quai de Conti, à la defcente du
Pont-Neuf, à la Charité.

M. DCC. XLIV.

Avia Pieridum peragro loca, nullius antè
Trita solo, juvat integros accedere fontes,
Atque haurire . . . .

Lucretius, Lib. IV.

LES CONQUÊTES
DU ROI.

O D E.

 Uᴇʟʟᴇ Divinité barbare
S'offre à mes yeux épouvantés !
Deux Glaives forgés au Tartare
Arment ses bras enfanglantés ;
Des Serpens forment fa Couronne ;
L'ombre du Trépas l'environne :
Le Tonnerre gronde à l'entour ;
Les inéxorables Furies,
Les Gorgones de fang nourries
Compofent fon horrible Cour.

A ij

Suivi de la noire Cohorte,
Le Monſtre, vengeur de nos droits,
Va frapper à l'auguſte Porte
Du plus pacifique des Rois:
Ouvre, dit-il ; je ſuis la Guerre :
C'eſt moi qui viens punir la Terre
De l'injure faite à ton rang ;
Reçoi de ma main cette Epée,
Aux Infernales Eaux trempée,
Et qui va l'être dans le ſang.

Je ſçai que mon pouvoir ſuprême
Ne fut jamais l'appui du tien ;
Que l'éclat de ton Diadême
A la clémence pour ſoutien :
Mais, ſur des Rivaux mercénaires,
Yvres d'exploits imaginaires,
C'eſt aſſez verſer de bienfaits :
L'Ennemi, que ta vertu bleſſe,
Taxeroit enfin de foibleſſe
La juſte horreur de mes forfaits.

Ainsi la valeur endormie
Du plus bouillant de mes Guerriers
Dans les bras de Déïdamie
Préféroit le Myrte aux Lauriers :
Je rompis ce fatal silence ;
Au néant de son indolence
J'arrachai ce jeune Lion :
Il brisa sa lâche barriere ;
Et s'élançant dans la carriere
Me suivit aux pieds d'Ilion.

C'est là que, par sa main terrible,
J'abaissai le front sourcilleux
De ces Remparts qu'un Siége horrible
Rendoit encor plus orgueilleux :
Je vis cette superbe Troye
Tomber & devenir la proye
Des Grecs à sa perte animés :
Les morts, les débris, les ravages
Assouvirent sur ces rivages
Mes yeux de carnage affamés.

LOUIS, d'auſſi belles conquêtes
Seront le prix de ta valeur,
Quand ton ſein parmi les tempêtes
S'embraſera de ma chaleur.
Titus, que tu pris pour modéle,
A ſuivre mes drapeaux fidéle,
Reſſentit ces brûlans tranſports ;
De ſa vertu mâle & ſublime,
La cendre éparſe de Solime
Conſacra les nobles efforts.

TES Peres, ſouverains arbitres
Des querelles des Potentats,
Ne t'ont, eux-mêmes, qu'à ces titres,
Tranſmis de ſi vaſtes Etats :
Ce n'eſt qu'en marchant ſur la trace
Du Dieu conquérant de la Thrace,
Que leurs pas ſe font anoblis :
Au haut du temple de la gloire,
Sans les aîles de la victoire,
Ils n'euſſent point porté tes Lis.

Il dit : & le Héros furmonte
L'amour de fon cœur pour la paix :
Sur le Char de la Guerre il monte,
Couvert de nuages épais :
Un noir tourbillon les enléve ;
Envain l'aftre du jour fe léve,
Le Ciel voit pâlir fes couleurs ;
Et de la Nature attriftée,
Du Monftre l'haleine empeftée
Defféche les fruits & les fleurs.

LOUIS apperçoit dans fa courfe
Ces vieux Guerriers, maîtres du fort,
Avides de tarir la fource
D'un fang refpecté par la mort :
Ce fang dans leurs veines bouillone ;
De leur Prince, aux Champs de Bellone,
Ils brûlent de fuivre les pas :
Dans fes yeux leur ame ravie
Puifant une nouvelle vie,
Ne refpire que le trépas.

QUAND, déployant toutes leurs rages,
Les Enfans du Nord déchaînés
Sement la nuit & les orages
Au sein des Vallons consternés :
La Bergere pâle & tremblante,
Rassemblant la troupe bêlante
Des Agneaux commis à sa foi,
Les raméne de la Prairie ;
Et court, loin des vents en furie,
Cacher son trouble & leur effroi.

TEL, à l'approche redoutable
Du Spectre évoqué de l'Enfer,
Et de la nue épouvantable
Qui porte la flamme & le fer :
L'Ennemi que poursuit la foudre,
Sous ses pieds fait voler la poudre ;
Et l'on ne voit de toutes parts
Que vils esclaves de la crainte
Se précipiter dans l'enceinte
De leurs inutiles remparts.

SUSPENDANT

SUSPENDANT ſon deſtin tragique
A l'abri des retranchemens,
Vainement le Lion Belgique
Remplit l'air de rugiſſemens :
Vainement ſa gueule enflammée
Vomit le ſang & la fumée ;
Effrayé de nos appareils,
Il héſite, il tremble, il recule :
Dans LOUIS il croit voir Hercule,
Le Deſtructeur de ſes pareils.

ARMÉ de la terrible Lance
Que la Guerre mit dans ſa main,
Le Héros s'approche & s'élance
A travers cent foudres d'airain :
Le bruit, l'horreur, les eaux, la flamme ;
Rien n'épouvante ſa grande ame ;
Ses Soldats en ſont éblouis :
Bellone elle-même l'admire,
Orgueilleuſe que ſon Empire
Ait un Guerrier tel que LOUIS.

B

COURAGE, mon Fils, lui dit-elle;
Combats, triomphe fous mes yeux;
Entre dans la route immortelle,
Où j'ai vû voler tes Ayeux :
Long-tems j'ai pleuré fur leurs cendres :
Tu me rends tous ces Alexandres,
Ç'en eft affez pour mes Autels :
Ta Tête de Lauriers couverte
Va me confoler de la perte
De tes Ancêtres immortels.

MAIS, tandis que ma voix rapide
T'arrête au milieu des hafards,
Quel eft ce Guerrier intrépide
Qui brave les horreurs de Mars?
Mes yeux peuvent-ils méconnaître
L'Augufte fang qui le fit naître?
C'eft le tien; c'eft le fang des Dieux:
CLERMONT tonne, le Ciel s'embrafe;
La Foudre gronde, tombe, écrafe
L'antre du Lion furieux.

De Menin, l'animal farouche
S'enfuit à pas impétueux ;
Et va du malheur qui le touche
Glacer ses vengeurs fastueux :
Dans sa fureur il mord leurs armes ;
De cent Villes, par ses allarmes,
Il ébranle le fondement :
Et jusqu'aux Marais de Bruxelles
Il fait voler les étincelles
De ce premier embrasement.

Comme un Rocher, qui d'Amphitrite
Ose briser les flots amers :
Thétis, que son orgueil irrite,
Attaque ce Tyran des Mers.
Avec elle d'intelligence,
Les vents secondant sa vengeance,
En font le jouet de leurs coups :
Bien-tôt il chancelle, il s'écroule,
Avec fracas le Rocher roule
Au sein de Neptune en courroux.

B 2

Non moins fublime, non moins ferme,
Par fes Boulevards redoutés,
YPRES prétendoit mettre un terme
Au cours de nos profperités :
Le Vainqueur de MENIN s'avance ;
Le Soldat, que la Mort devance,
Vole, plus prompt que les éclairs ;
Il vient : les Portes font brifées ;
Les cendres des Tours embrafées
Font des nuages dans les airs.

SUR les débris de ces murailles
Bellone s'éleve foudain :
D'affreux monceaux de funérailles
Soûtiennent fon Trône d'airain.
Son œil farouche au loin contemple
Tous les Peuples qui dans fon Temple
Rendent hommage à fes fureurs :
Son ame, de joye enyvrée,
Voit la Terre aux combats livrée,
Et s'applaudit de ces horreurs.

Aʜ! dit-elle, quel doux fpectacle
Les Alpes offrent à mes fens!
Coɴᴛɪ s'indigne de l'obftacle
Des Rocs fous fes pas renaiffans:
Rival du Héros de Carthage,
Sa gloire devient ton partage:
L'orgueil des Monts eft démenti;
Et ces Roches du Ciel voifines,
Dans l'hiftoire de leurs ruines
Verront Annibal & Coɴᴛɪ.

Mᴀɪs quel faux efpoir vous réveille,
Soldats du fuperbe Lorrain?
Quel bruit a frappé mon oreille?
J'entends mugir les flots du Rhin:
Au fond de fa grotte profonde,
Je le vois gémir que fon onde
Favorife vos vains efforts:
Ce Dieu, fous le Pont qui l'enchaîne,
Frémit de la honte prochaine,
Dont LOUIS va flétrir fes bords.

DE's que de vos lâches intrigues
Il aura percé les replis ;
Et qu'anéantiſſant vos ligues,
Ses grands deſtins feront remplis :
Couvert de vos Cyprès funébres,
Il appellera les Tenébres,
Pour enſevelir vos forfaits :
Et ſes mains en Palmes fertiles,
Des débris fumans de vos Villes
Bâtiront un Temple à la PAIX.

FRANÇOIS, ſous de plus doux auſpices,
Vous verrez renaître ces jours,
Dont les Dieux, jadis ſi propices,
Prenoient ſoin d'embellir le cours :
Et Moi, plongeant aux noirs abîmes
L'horrible amas de mes victimes,
La Mort, le Tumulte & l'Effroi :
J'irai dans les demeures ſombres
Etonner les plus fieres Ombres
Des triomphes de votre ROI.

FIN.

V EU, permis d'imprimer, ce 28. Juillet 1744. MARVILLE.

Regiſtré ſur le Livre de la Communauté des Libraires & Imprimeurs de Paris, Nº. 3014; conformément aux Réglemens , & notamment à l'Arrêt de la Cour du Parlement du 3. Décembre 1705. A Paris , le 4. Août 1744. Signé, SAUGRAIN, Syndic.